Ye

19150

ODE

SUR

LE SACRE

DU ROI.

Par M. COTELLE.

Vim temperatam dî quoque provehunt
In majus.

HORAT. Odarum. Lib. 5.

A PARIS,

De l'Imprimerie de CAILLEAU, rue S. Severin,
dans la Porte cochère à côté du Marchand Papetier,
vis-à-vis des murs de l'Eglise.

M. DCC. LXXV.

ODE

SUR

LE SACRE

DU ROI

Par M. Corneille

ODE

SUR

LE SACRE

DU ROI.

QUELS chants de publique allégreſſe
Retentiſſent de toutes parts !
Français, quelle éloquente ivreſſe
Se peint dans vos tendres regards !
Quel heureux tranſport vous anime !
La cauſe en eſt trop légitime,
C'eſt LOUIS qu'on va couronner;
Le Spectacle qu'il vous apprête,
Sans doute eſt la plus belle Fête
Qu'à ſon Peuple il puiſſe donner.

A iij

Dans ſes murs Reims vit nos ancêtres
Bâtir un Temple révéré,
Qu'au Couronnement de nos Maîtres,
Jadis Clovis a conſacré.
C'eſt-là, qu'au pied du Sanctuaire,
Ce Roi promit de ſatisfaire
Aux Loix dont il devint l'appui ;
Et que foulant l'orgueil du Trône,
Il ſoumit à Dieu ſa Couronne,
Pour ne la tenir que de lui.

Guidés par cet exemple auguſte,
Tous les Succeſſeurs de Clovis
Ont rempli ce devoir ſi juſte,
En montant au Trône des Lys.
LOUIS, qu'un même zèle inſpire,
Des prémices de ſon Empire
Va faire hommage au Roi des Rois ;
Il va dans les mains de Dieu même
Jurer à ſon Peuple qu'il aime,
De ne régner que par les Loix.

Prince, arrêtez, Qu'allez-vous faire ?
Laissez d'inutiles Sermens.
Arrêtez, est-ce ainsi qu'un Pere,
En agit avec ses enfans ?
Faut-il pour prouver sa tendresse,
Que de la plus sainte promesse
Il prenne le Ciel pour garant,
La Nature au fond de son âme
N'a-t-elle pas, en traits de flâme,
Gravé ce premier sentiment ?

N'en doutes point, heureuse France,
Tu vas couronner un bon Roi ;
Les jours purs de la bienfaisance
Vont désormais luire pour toi.
Du nouvel Astre qui t'éclaire,
Déja l'Aurore salutaire
T'annonce la félicité.
Sur le Trône de la Tendresse,
Tu verras s'asseoir la Sagesse
A côté de l'Humanité.

Jamais la Grandeur Souveraine
Ne perd ſes droits par la bonté.
SAINT LOUIS aſſis ſous un chêne,
En étoit-il moins reſpecté ,
Quand , à tous ſes Sujets propice,
Lui-même il rendoit la juſtice ,
A la foule qui l'entouroit ,
Et quand pour ſa Garde fidelle ,
Il n'avoit que le tendre zèle
Du Peuple heureux qui l'adoroit ?

LOUIS Douze & Charles le Sage
Jouiſſent encore au tombeau ,
De notre légitime hommage ,
Et du Triomphe le plus beau ;
Des Rois donnés dans ſa colère ,
Le Ciel, pour conſoler la Terre ,
Fit naître ces Rois vertueux.
LOUIS , qui tient ici leur place ,
Fera voir qu'il eſt de leur Race ,
En ſe montrant juſte comme eux.

Digne Sang du Grand Henri Quatre,
Il épargnera ses Sujets;
Jamais il ne voudra combattre
Que pour la Justice & la Paix:
Régnant moins en Héros qu'en Père,
LOUIS sentira que la guerre
N'est qu'un fléau pour les bons Rois;
Il aimera mieux voir la France
Bénir son Nom & sa Clémence,
Que d'ouïr chanter ses Exploits.

Souvent l'éclat d'une victoire,
Des États a fait les malheurs;
Il fuira cette fausse gloire,
Si chere aux fameux destructeurs.
Satisfait de son héritage,
Il prisera le nom de Sage,
Plus que les titres des vainqueurs.
Et si dans son ame il desire
De porter plus loin son empire,
Ce ne sera que sur les cœurs.

Mais sans lui chercher dans l'Histoire,
Les Héros qu'il doit égaler ;
Pour notre bonheur, pour sa gloire,
LOUIS n'a qu'à se ressembler ;
Thémis sur son trône affermie ;
La paix en tous lieux rétablie,
De son Regne font les essais.
Ses Loix par l'amour temperées,
N'en deviendront que plus sacrées,
Pour tous les cœurs vraiment Français.

Heureux le Prince qui pardonne !
De son Peuple il est adoré.
Qu'avec joie on voit la Couronne
Briller sur son front révéré !
Un Roi qui cede à la clémence
Fait plus respecter sa puissance
Que les plus absolus tyrans.
Envain leurs foudres nous étonnent,
Ce n'est pas lorsque les Dieux tonnent,
Qu'ils obtiennent le plus d'encens.

Le vil esclave de la crainte
N’est jamais fidele à son Roi,
Il ne cede qu’à la contrainte
Et n’obéit point à la Loi;
Dans sa foi toujours il chancelle,
Il ne doit ses vertus, son zele,
Qu’à la terreur du châtiment;
Tout le frappe, tout l’intimide
Et le sage frein qui le guide
Ne lui paroît qu’un joug pésant.

Qu’un Prince montre de prudence,
Quand par le charme des bienfaits,
Il entretient la confiance
Dans les esprits de ses Sujets!
Sensibles à ses moindres graces,
C’est alors qu’on voit sur ses traces
Voler tous les cœurs attendris,
Et c’est alors qu’il peut connoître
Que c’est toujours au meilleur maître,
Que les Peuples sont plus soumis.

Dans les devoirs du rang suprême,
Inſtruit par cette vérité,
LOUIS adopte ce ſyſtême,
Qu'à ſon cœur l'amour a dicté;
Le nôtre eſt tout ce qu'il deſire ;
Tout nous promet enfin l'empire
De la douceur, de la bonté;
Et dejà je vois ma Patrie
Chérir avec idolatrie
HENRI Quatre reſſuſcité.

Le Ciel comble notre eſpérance,
Et par un prodige inoui,
Quand il rend un pere à la France,
Sully reſſuſcite avec lui:
Miniſtre d'un Roi débonnaire,
Un mortel que Minerve éclaire
De nos maux va finir le cours ;
Et de ces bienfaiſans Génies
Toutes les vertus réunies
Vont ramener nos plus beaux jours.

Ainſi puiſſe le Ciel proſpère
De mon Roi devenant l'appui,
Le guider & le rendre pere
De Fils vertueux comme lui !
Et puiſſe cette tige heureuſe,
Produire une ſuite nombreuſe,
De Rois juſtes & bienfaiſans !
Malgré le bonheur de ſes armes,
La France a verſé bien des larmes,
Pour avoir eu des Conquérans.

D'une Reine, ta vive image,
Grand Dieu, prolonge les deſtins !
Veille ſur le plus bel ouvrage
Qu'on ait vu ſortir de tes mains !
Puiſſe l'amour qui les enchaîne
De jour en jour ſerrer la chaîne
De ces deux Epoux vertueux !
Puiſſent les faſtes de l'Hiſtoire
Faire reſpecter leur mémoire
Juſques chez nos derniers Neveux !